40

$T c \ 19.$

SUR LA NÉCESSITÉ

DANS UN BUT DE SÉCURITÉ PUBLIQUE,

D'INTERDIRE

LA FABRICATION DES ALLUMETTES CHIMIQUES

AVEC LE PHOSPHORE ORDINAIRE;

Par M. CHEVALLIER Père,

Membre de l'Académie de Médecine, du Conseil de Salubrité,
Professeur à l'Ecole de Pharmacie, etc., etc,

et par M. Abel POIRIER,

Pharmacien de première classe de l'Ecole de Paris, etc., etc. (1).

> « M. le Président pourrait rendre un grand service à
> « la Société, en demandant à M. le Ministre que la
> « préparation des allumettes avec le phosphore ordi-
> « naire fût défendue en France, et qu'on ne tolérât
> « l'usage et la vente que des allumettes préparées avec
> « le phosphore rouge (phosphore amorphe), qui ne
> « peut déterminer l'empoisonnement. »
> (Paroles prononcées par l'expert à la Cour d'assises
> de la Dordogne, dans l'affaire Piquet, 7 juillet 1855.)

Extrait du JOURNAL DE CHIMIE MÉDICALE.

1858

SUR LA NÉCESSITÉ

DANS UN BUT DE SÉCURITÉ PUBLIQUE,

D'INTERDIRE

LA FABRICATION DES ALLUMETTES CHIMIQUES

AVEC LE PHOSPHORE ORDINAIRE;

Par M. CHEVALLIER Père,

Membre de l'Académie de Médecine, du Conseil de Salubrité,
Professeur à l'Ecole de Pharmacie, etc., etc,

ET PAR M. Abel POIRIER,

Pharmacien de première classe de l'Ecole de Paris, etc., etc. (1).

> « M. le Président pourrait rendre un grand service à
> « la Société, en demandant à M. le Ministre que la
> « préparation des allumettes avec le phosphore ordi-
> « naire fût défendue en France, et qu'on ne tolérât
> « l'usage et la vente que des allumettes préparées avec
> « le phosphore rouge (phosphore amorphe), qui ne
> « peut déterminer l'empoisonnement. »
> (Paroles prononcées par l'expert à la Cour d'assises
> de la Dordogne, dans l'affaire Piquet, 7 juillet 1855.)

S'il est, à l'époque actuelle, un danger qui menace la société, c'est certes celui qui résulte de la mise en vente sans contrôle des allumettes chimiques préparées avec le phosphore ordi-

---

(1) La publication de ce travail nous a été suggérée par M. J. Cloquet, qui, comme nous, a été frappé des dangers qui résultent, pour le public, de la vente libre et sans contrôle d'un poison aussi, et, selon nous, plus dangereux que l'arsenic.

naire. En effet, les gens du peuple savent parfaitement le parti que l'on peut en tirer pour commettre le crime d'empoisonnement. Ce qui le démontre ce sont les faits suivants :

En 1854, un homme, aux assises d'Orléans, disait que s'il avait voulu il aurait empoisonné sa femme avec des allumettes chimiques, car tout le monde connaissait leur valeur et la difficulté de trouver ce poison, mais qu'il avait préféré la faire périr en faisant dissoudre dans des haricots un sel de cuivre que l'on y décéla par l'analyse.

Dans un procès qui eut lieu en 1855 devant la Cour d'assises de la Dordogne, on trouve dans l'acte d'accusation contre le sieur R..., le passage suivant :

« Quelques jours plus tard, M. J... ayant rencontré R..., lui demanda en plaisantant s'il n'avait pas encore tué N..., — Non, répondit-il ; mais si le jour de la paie il ne me donne pas 5 francs pour me dédommager de la perte de temps que m'a occasionnée la blessure qu'il m'a faite, je l'empoisonnerai.

« Le témoin ayant répliqué que le pharmacien de... ne lui donnerait pas de poison, R... continua : — J'en trouverai bien. Je veux empoisonner tous ceux de la verrerie, parce qu'ils me battent, me font beaucoup travailler, et ne me donnent pas de quoi manger. Il ajouta qu'il achèterait pour cela des allumettes chimiques, dont il ferait dissoudre le phosphore dans une bouteille d'eau, et que s'il n'avait pas le temps de fuir après cet empoisonnement, il se tuerait lui-même avec une autre bouteille d'eau préparée d'avance de la même manière. »

Ces deux faits, et ce ne sont pas les seuls, sont une démonstration positive que, dans les classes inférieures, on connaît parfaitement le mauvais usage que l'on peut faire de ces préparations.

Ces allumettes présentent donc un danger qu'il est urgent de faire cesser, parce que tout empoisonneur pourra, quand il le voudra, et sans contrôle, se procurer un poison plus dangereux que l'arsenic.

L'empoisonnement par le phosphore est, à nos yeux, celui qui a les suites les plus graves. En effet, nous connaissons des antidotes contre l'arsenic, le cuivre, le zinc, le plomb, contre les alcalis végétaux; nous n'en connaissons pas de certain contre le phosphore. Il nous est démontré par les faits que c'est le phosphore qui, partout, a remplacé l'arsenic dont la vente a été défendue, sauf certains cas où ceux qui vendent et qui achètent le poison sont tenus de remplir des conditions et des formalités particulières qui rendent cette vente moins dangereuse (1). Défendre la fabrication des allumettes chimiques avec le phosphore ordinaire, c'est empêcher un grand nombre d'empoisonnements criminels, c'est prévenir un grand nombre d'accidents et de suicides (2).

---

(1) Art. 8. — L'arsenic et ses composés ne pourront être vendus pour d'autres usages que la médecine, que combinés avec d'autres substances. Les formules de ces préparations seront arrêtées sous l'approbation de notre Ministre, secrétaire d'État, de l'agriculture et du commerce, savoir: pour le traitement des animaux domestiques, par le Conseil des professeurs de l'École vétérinaire d'Alfort; pour la destruction des animaux nuisibles et pour la conservation des peaux et objets d'histoire naturelle, par l'École de pharmacie.

Art. 9. — Les préparations, mentionnées dans l'article précédent, ne pourront être vendues ou livrées que par des pharmaciens et seulement à des personnes connues et domiciliées. Les quantités livrées, ainsi que le nom et le domicile des acheteurs seront inscrits sur le registre spécial, dont la tenue est prescrite par l'article 6.

(2) On sait, en outre, que le phosphore ordinaire empoisonne à faibles doses. En effet les auteurs, qui ont écrit sur le sujet que nous traitons, ont établi que des individus avaient succombé pour avoir pris de 15 à 30 centigrammes de phosphore. Voyez Orfila, *Toxicologie*, t. I; p. 83; Devergie, *Médecine légale*, 3e édition, 1852, t. III, p. 166; Julia-Fontenelle, *Revue médicale*, t. III, 1829, p. 429.

Nous allons, pour justifier ce que nous avançons ici, faire connaître le nombre de cas soit d'empoisonnements, soit de suicides, soit d'accidents, dus au phosphore, et cela à partir de 1824 jusqu'en janvier 1858, qui sont arrivés à notre connaissance.

1824.

Suicide.

Phosphore.—Nous trouvons dans Orfila que le 27 avril 1824 le nommé Ed. P... succomba après avoir avalé 0,13 de phosphore fondu dans de l'eau chaude.

1826.

Empoisonnement par accident.

Phosphore. — Martin Solon nous parle dans son *Dictionnaire de Médecine et de Chirurgie,* d'un homme qui succomba pour avoir pris 4 grammes d'éther phosphoré qui représentent 0,12 de phosphore.

Empoisonnement accidentel.

Phosphore. -— Un jeune homme prit, sur la recommandation d'un charlatan, du phosphore dans du pain et du beurre, il mourut quatre heures après.

1829.

Suicide.

Phosphore. — Un pharmacien prit un jour 0,15 de phosphore, le lendemain 0,15 encore, et il mourut dix-sept jours après l'ingestion du poison, dans d'atroces souffrances.

1840.

Accidents.

Phosphore. — M. Delis, en montant du phosphore dans les tubes, aspira le liquide sans ménagement, le voile du palais fut cautérisé. (Orfila, *Toxicologie.*)

Il est aussi établi, d'une manière incontestable, que le phosphore rouge n'a pas d'action sur les animaux. Voir les travaux de MM. Bussy, Chevallier, Reynal, Lecomte, de Vry, Orfila et Rigout.

— Pelletier père ayant laissé par mégarde, dans sa poche, du phosphore enveloppé dans du papier, eut la cuisse tellement brûlée qu'il fut six mois à se rétablir.

Un fait semblable vient d'être constaté tout récemment.

1841.

Empoisonnement criminel.

Allumettes chimiques. — A Saint-Etienne-sur-Chalaronne, le nommé Miflet est mort empoisonné pour avoir mangé de la soupe renfermant des allumettes chimiques.

1843.

Empoisonnement criminel.

Pâte phosphorée. — Deux personnes, après avoir mangé de la soupe contenant de la pâte phosphorée, furent empoisonnées ; l'une d'elles succomba.

Empoisonnement criminel (mars).

Pâte phosphorée. — La femme H..., pour se débarrasser de ses complices, leur fit manger de la soupe contenant de la pâte phosphorée : l'un d'eux succomba. (Prusse.)

1844.

Empoisonnement accidentel.

Pâte phosphorée. — Un enfant de quinze à dix-huit mois mangea de la pâte phosphorée devant servir à la préparation des allumettes chimiques, et ne tarda pas à succomber.

Empoisonnement accidentel.

Pâte phosphorée. — H..., fille d'un ouvrier, mangea par inadvertance de la pâte phosphorée pour du beurre, elle en mourut.

Empoisonnement accidentel.

Pâte phosphorée. — A Figeac, un jeune enfant manqua de s'empoisonner en avalant des boulettes de pâte phosphorée ; il fut heureusement rebuté par le mauvais goût de cette composition.

1844.

Empoisonnement criminel (octobre).

Allumettes chimiques. — A Malines (Belgique), un enfant de trois ans succomba en vingt-quatre heures pour avoir mangé des boulettes faites avec de la pâte d'allumettes.

1845.

Suicide.

Pâte phosphorée. — Dans les *Archives de Pharmacie*, de février 1845, le docteur Dulk parle d'une jeune fille qui se suicida avec de la pâte phosphorée.

Empoisonnement accidentel.

Phosphore. — En 1845, suivant le docteur Teadall, un charlatan anglais empoisonna un enfant de dix ans en lui faisant prendre une préparation phosphorée.

1846.

Suicide.

Allumettes phosphoriques. — Une actrice de Cadix s'est suicidée en buvant un macéré d'allumettes phosphorées, dans du vinaigre, qu'elle avait préparé elle-même.

1847.

Empoisonnement criminel.

Pâte phosphorée. — En septembre 1847, Jean Richl, vigneron à Waugen, mourut empoisonné par sa femme avec de la pâte phosphorée.

Empoisonnement criminel.

Pâte phosphorée. — En mai 1847, Marie R... tenta d'empoisonner son mari, en lui faisant manger de la soupe dans laquelle elle avait mêlé de la pâte phosphorée.

1848.

Suicide.

Pâte phosphorée. — Au mois de juillet 1848, le nommé V..., surexcité par ses habitudes d'ivrognerie, se suicida avec de la pâte phosphorée qu'il ingéra, étendue sur du pain.

1849.

Empoisonnement accidentel.

Allumettes chimiques. — A Saint-Denis-en-Val, deux enfants en jouant avec des allumettes chimiques, les sucèrent. Peu d'heures après ils succombèrent.

1850.

Suicide.

Phosphore. — A Sarria, en Catalogne, une dame, à la suite de violents chagrins, se suicida avec du phosphore.

1851.

Empoisonnement accidentel.

Phosphore. — A C̄... (Orne), un enfant en bas âge, très vorace, mangeant les débris qu'il pouvait ramasser, avala des morceaux de pâte d'allumettes chimiques et en mourut.

1851.

Suicide.

Pâte phosphorée. — La nommée B..., jeune ouvrière de Toulouse, en proie à de violents chagrins, se suicida avec de la pâte phosphorée.

Empoisonnement criminel (avril).

Pâte phosphorée. — A Loudéac (Côtes-du-Nord), les époux Carbe furent gravement indisposés pour avoir mangé de la soupe dans laquelle on avait mis de la pâte phosphorée. Tourmel, leur garçon, fut accusé de ce fait, mais il fut acquitté.

1853.

Empoisonnement accidentel.

Allumettes chimiques. — A la suite d'une plaisanterie, le nommé Escoffier, de Marseille, but du vin blanc dans lequel on avait fait macérer de la pâte d'allumettes, et mourut quelques heures après.

1853.

Empoisonnement accidentel.

Allumettes chimiques. — A Anvers, un enfant mâcha des allumettes chimiques et mourut.

Empoisonnement accidentel.

Allumettes chimiques. — Dans le département de l'Ariége, à Malzaès, un père de famille mourut pour avoir mangé des légumes cuits dans un vase qui contenait accidentellement des allumettes chimiques.

1853.

Empoisonnement criminel (novembre).

Pâte phosphorée. — Dans l'affaire J..., cinq personnes manquèrent de succomber à un empoisonnement par la pâte phosphorée.

Empoisonnement criminel (décembre).

Pâte phosphorée. — Dans le *Journal de Médecine et de Chirurgie* de Toulouse, on voit qu'un individu mourut après avoir mangé d'un potage dans lequel on avait introduit de la pâte phosphorée.

1854.

Empoisonnement accidentel.

Allumettes chimiques. — M. Chevallier fils a eu connaissance qu'en Allemagne quatre personnes succombèrent pour avoir pris du petit lait contenant du phosphore provenant des allumettes que des enfants, en jouant, avaient jetées dans une baratte à beurre.

Suicide (mars).

Allumettes chimiques. — Dans un Mémoire, M. Gesnon parle d'un insurgé renfermé sur les pontons de Brest, qui s'empoisonna avec des allumettes chimiques.

Empoisonnement criminel (novembre).

Phosphore. — A C..., le jeune F... est mort empoisonné

par une préparation phosphorée. MM. Chevallier et Duchesne furent les experts chargés des recherches chimiques.

Empoisonnement criminel.

Pâte phosphorée. — En 1854, la femme du nommé J. M... tenta à plusieurs reprises de l'empoisonner à l'aide de la pâte phosphorée.

1854.

Empoisonnement accidentel (octobre).

Allumettes chimiques. — Un père tenta d'empoisonner son fils avec des allumettes chimiques; les soins de la mère sauvèrent l'enfant.

Empoisonnement criminel.

Allumettes chimiques. — A Saint-Antoine de Lacohu, la nommée V. B... faillit périr en faisant usage d'aliments dans lesquels on avait mêlé à dessein des fragments d'allumettes chimiques.

Empoisonnement criminel (mars).

Allumettes chimiques. — En mars 1854, le sieur X..., âgé de cinquante-cinq ans, mourut après avoir mangé de la soupe dans laquelle on retrouva des débris d'allumettes chimiques.

1855.

Suicide.

Allumettes chimiques. — François, domestique de la dame S..., crèmière, rue Saint-Denis, s'empoisonna, par dépit d'amour, avec des bouts d'allumettes chimiques.

Suicide.

Allumettes chimiques. — R. D..., âgée de vingt ans, domestique à Sâint-Symphorien de Marmagne, s'est donné la mort en avalant une certaine quantité d'eau où elle avait fait infuser plusieurs paquets d'allumettes chimiques.

Suicide.

Allumettes chimiques. — Le nommé Gaspard L..., de

Sens, accusé de vol, tenta de s'empoisonner en avalant de l'eau dans laquelle il avait fait macérer de la pâte d'allumettes.

1855.

Suicide.

Allumettes chimiques. — Une jeune fille, enceinte, tenta de s'empoisonner avec une décoction d'allumettes chimiques.

Suicide.

Allumettes chimiques. — Le jeune A. J..., de Saint-Peruci, s'empoisonna, à la suite d'un chagrin, avec un macéré aqueux d'allumettes chimiques.

Suicide.

Pâte phosphorée. — Le *Journal de Médecine et de Chirurgie* de Toulouse rapporte un fait d'empoisonnement chez un individu qui avala du vin blanc dans lequel il avait fait dissoudre de la pâte phosphorée.

Empoisonnement accidentel.

Pâte phosphorée. — La nommée R... mangea de la pâte phosphorée dans des prunes et en fut gravement malade.

Empoisonnement accidentel (juillet).

Pâte phosphorée. — Gauthier, habitant de Sainte-Foy (Gironde), mange un potage contenant de la pâte phosphorée, et en meurt.

Empoisonnement accidentel.

Phosphore. — A Lavaur (Tarn), cinq personnes furent très malades pour avoir pris des pilules dites *américaines ;* ces pilules contenaient du phosphore.

1855.

Empoisonnement accidentel (octobre).

Allumettes chimiques. — M. G..., colonel anglais, demeurant rue Blanche, 88, fut pris, ainsi que sa femme et son fils, de violentes douleurs d'entrailles après leur repas. On sut plus tard que cette indisposition provenait de la viande dont ils avaient fait usage et qui avait séjourné sur une table de cuisine sur laquelle les domestiques avaient l'habitude de frotter les allumettes chimiques.

Empoisonnement accidentel.

Allumettes chimiques. — Les deux filles d'un marchand d'allumettes, François Lombard, succombèrent après avoir mangé du pain qui avait séjourné dans un panier renfermant des allumettes chimiques.

Empoisonnement accidentel.

Allumettes chimiques. — Dans le Jura, un enfant, en jouant avec des allumettes chimiques, se mit à les sucer ; il en fut gravement indisposé.

Empoisonnement criminel (décembre).

Pâte phosphorée. — On lit dans le *Journal de Médecine et de Chirurgie* de Toulouse, qu'un homme de cinquante ans est mort après avoir mangé de la soupe dans laquelle on avait introduit de la pâte phosphorée.

Empoisonnement criminel.

Allumettes chimiques. — Dans la commune d'Eyerenolle, canton d'Issigeac, une jeune fille nommée C. A..., domestique des époux L..., aurait servi à sa maîtresse de l'eau à boire dans laquelle elle aurait mis tremper des allumettes phosphoriques. On s'aperçut à temps de la présence de ces dernières.

Empoisonnement criminel.

Allumettes chimiques. — Dans le département de la Dordogne, un nommé R..., ouvrier dans une verrerie, était accusé d'empoisonnement avec des allumettes chimiques.

Empoisonnement criminel.

Allumettes chimiques. — A Ambres, un nommé P... fut empoisonné à l'aide d'allumettes chimiques.

1856.

Suicide (octobre).

Allumettes chimiques. — La nommée X..., demeurant rue de Cléry, 66, après des chagrins d'amour, avala une tasse de café contenant les bouts de six paquets d'allumettes, elle mourut cinq jours après.

Suicide.

Allumettes chimiques. = Le 26 juin, le nommé David Pierre-François, caporal au 55e régiment d'infanterie, succomba quatre jours après avoir pris du café dans lequel il avait mêlé des extrémités d'allumettes chimiques.

Suicide.

Allumettes chimiques. — A Rouen, un jeune homme, au moment de se marier, s'est suicidé en avalant un breuvage, dans lequel était délayée la partie toxique d'un paquet d'allumettes chimiques.

Suicide.

Allumettes chimiques. — Dans un mémoire sur les allumettes chimiques, M. Tardieu parle d'une jeune fille, habitant à Paris, près de l'Hôtel-Dieu, qui avait essayé de s'empoisonner avec des allumettes chimiques.

Suicide.

Allumettes chimiques. — Le Commissaire de police fit arrêter un malheureux ouvrier au moment où il préparait pour se détruire une pâte phosphorée d'allumettes chimiques.

Suicide.

Allumettes chimiques. — A La Villette, on a trouvé le cadavre d'un individu; dans la poche d'un de ses vêtements de travail se trouvait une bouteille contenant des bouts d'allumettes chimiques qu'il avait fait dissoudre. Ce liquide était, selon toute probabilité, préparé dans un but de suicide.

Empoisonnement criminel (septembre).

Allumettes chimiques. — Dans la commune de Sancoins, arrondissement de Saint-Amand, la nommée G..., a empoisonné son enfant, âgé de 20 mois, en lui faisant manger une poire cuite, dans laquelle elle avait introduit des bouts d'allumettes chimiques.

Empoisonnement criminel (mai).

Allumettes chimiques. — La fille J. C..., a tué, à Villefranche, son enfant en lui faisant manger du gâteau, dans lequel elle avait introduit des râpures d'allumettes chimiques.

Empoisonnement criminel (juin).

Allumettes chimiques. — Le sieur B..., garçon de magasin chez M. H. . . ., libraire, a été traduit devant les assises de la Seine, pour avoir tenté d'empoisonner sa femme avec le phosphore détaché des allumettes chimiques.

Empoisonnement criminel.

Allumettes chimiques. — Une femme de la commune de Deurue, tenta d'empoisonner son mari, en mêlant des bouts d'allumettes chimiques au tabac à mâcher dont il faisait usage.

Empoisonnement criminel (juin).

Allumettes chimiques. — Le nommé Cardon de Braches, canton de Moreuil (Somme), tenta d'empoisonner sa belle-sœur, en faisant bouillir des allumettes chimiques dans une soupe au lait.

Empoisonnement criminel.

Allumettes chimiques. — La nommée Huyot de Sourdon, canton d'Ailly (Somme) essaya de faire périr trois personnes, en leur préparant une soupe au lait dans laquelle elle avait fait bouillir des allumettes chimiques.

Empoisonnement criminel (janvier).

Allumettes chimiques. — A A..., canton de C..., M. C.... domestique du curé, tenta, dans un but de vengeance, d'empoisonner la nièce de ce dernier, en jetant, dans du lait destiné au déjeuner, du phosphore qu'elle avait enlevé à l'extrémité d'allumettes chimiques.

Empoisonnement criminel (juillet).

Pâte phosphorée. — La nommée Adèle Pirou, femme Ge-nevée, cultivatrice à Louvigny-du-Désert, a empoisonné son mari et deux de ses enfants avec de la pâte phosphorée.

1857.

Suicide (septembre).

Allumettes chimiques. — Un jeune homme de Moubert s'est empoisonné avec des allumettes chimiques.

Suicide (juillet).

Allumettes chimiques. — Dans la commune de Charonne, le nommé Pierre V..., sculpteur sur bois, s'est empoisonné avec une dose de phosphore, provenant d'allumettes chimi-ques.

Suicide (février).

Allumettes chimiques. — Un suicide a eu lieu dans la commune de Givancourt, près de Compiègne, à l'aide de six à huit allumettes infusées, pendant une nuit, dans du vin blanc ou dans du cidre.

Suicide (janvier).

Allumettes chimiques. — Le sieur X..., employé du che-min de fer de l'Ouest, ayant eu, le 17 de ce mois, une dis-cussion avec sa femme, quitta son domicile et alla louer une chambre dans un garni de la rue Saint-Nicolas-d'Antin. Là, le sieux X... fit tremper des allumettes chimiques dans de l'eau qu'il but ensuite. Peu d'instants après, sentant des symptômes d'empoisonnement, il rentra au domicile con-jugal; bientôt après il se plaignait d'horribles coliques; mal-gré les secours qui lui furent donnés, ce malheureux succomba après d'horribles souffrances.

Empoisonnement accidentel.

Allumettes chimiques. — A Oloron (Basses-Pyrénées), la veuve Espelusé, fabricante d'allumettes chimiques, est morte après avoir bu de la tisane faite dans une cafetière contenant du phosphore que l'on y avait oublié par hasard.

Empoisonnement accidentel (février).

Allumettes chimiques. — Une nourrice de la commune de Rémy canton d'Estrées-Saint-Denis, arrondissement de Compiègne, occupée à rallumer son feu, donna, par inadvertance, à son enfant une allumette chimique pour le distraire ; l'enfant suça l'extrémité phosphorée et mourut le lendemain.

Empoisonnement accidentel (janvier).

Allumettes chimiques. — Le sieur Joullefroy, garde de la forêt de Compiègne, ayant allumé sa pipe, jetta par terre des allumettes chimiques ; son enfant, âgé de quatre ans, en ramassa une et la suça. De graves accidents se manifestèrent chez cet enfant, qui fut malade pendant trois mois.

Empoisonnement criminel.

Allumettes chimiques. — Dans le Jura, à la Vieille-Loye, un des enfants du nommé Juge succombait empoisonné par sa belle-mère, avec le phosphore des allumettes chimiques.

Empoisonnement criminel.

Allumettes chimiques. — Dans le village de S..., arrondissement de M..., le nommé P. B... et B. B..., sa belle-mère, faillirent être empoisonnés en mangeant de la soupe dans laquelle on avait jeté des bouts d'allumettes chimiques.

Empoisonnement criminel (septembre).

Allumettes chimiques. — Dans le village de Bois-de-Brite, commune de Moissant, le nommé Counord mourait empoisonné par sa femme, le poison était du phosphore qu'elle avait introduit dans ses aliments.

Empoisonnement criminel (juillet).

Allumettes chimiques. — Le compte-rendu des assises du

Pas-de-Calais fait connaître qu'un homme accusé d'assassinat, le nommé Denis Lebrun, dit Billot, avait tenté, dans l'été de 1856, d'empoisonner, par suite de jalousie, la nommée Augustine, en lui faisant prendre du café, dans lequel il avait jeté et fait bouillir des allumettes chimiques.

Empoisonnement criminel (janvier).

Allumettes chimiques. — La femme C. D... essaya d'empoisonner la femme Pradeau avec une soupe, dans laquelle elle avait introduit la matière détachée des allumettes chimiques. Traduite devant la Cour d'assises de la Haute-Loire, la femme D... a été condamnée à huit ans de travaux forcés.

Empoisonnement criminel.

Pâte phosphorée. — La veuve D..., domestique chez le sieur N. ., boulanger, essaya, par vengeance, d'empoisonner l'eau destinée à l'usage domestique de la maison en y jetant de la pâte phosphorée.

Empoisonnement criminel (septembre).

Pâte phosphorée. — Le nommé Finat, charcutier à Briançon, faillit succomber en prenant du café au lait, dans lequel sa femme avait introduit de la pâte phosphorée.

Empoisonnement criminel (septembre).

Phosphore. — Le nommé Guillarmond était inculpé d'avoir introduit du phosphore dans une soupe destinée au nommé Bosselu, contre lequel il avait de la haine.

Empoisonnement criminel (juin).

Pâte phosphorée. — Marie Racou, femme Héritier, habitant au Puy, rue des Fargues, fit périr son fils et sa fille en leur faisant manger de la soupe, dans laquelle elle avait introduit de la pâte phosphorée.

Empoisonnement criminel (mai).

Pâte phosphorée. — Pierre Legat, commis-négociant en soieries, empoisonna sa femme, Anne Berger, en lui faisant boire du café au lait, dans lequel il avait mis de la pâte phosphorée.

Empoisonnement criminel (mars).

Pâte phosphorée. — Une servante de ferme, la nommée A.-V. B..., tenta d'empoisonner sa maîtresse à l'aide d'une certaine quantité de pâte phosphorée, qu'elle avait jetée dans une portion de ragoût, exclusivement destinée à son repas.

Empoisonnement criminel (mars).

Pâte phosphorée. — Le nommé B... jeta, dans la fontaine. des époux Huart, fermiers à Billé, un kilogramme de pâte phosphorée; heureusement que l'on fut prévenu à temps par le mauvais goût de l'eau.

Empoisonnement criminel (février).

Pâte phosphorée. — Chez Mme Frerol, au château de Loukenois, il y eut une tentative d'empoisonnement sur sept personnes, avec du beurre phosphoré.

1858.

Empoisonnement criminel (janvier).

Phosphore. — Une tentative d'empoisonnement par le phosphore fut constatée aux Thernes.

Suicide.

Allumettes chimiques. — Le samedi 23 janvier, une jeune fille de dix-neuf ans, Angélique Viellard, ouvrière en tulle, à Calais, s'est suicidée à l'aide d'allumettes chimiques.

ACTION DES DIVERSES PRÉPARATIONS DU PHOSPHORE SUR LES ANIMAUX.

De 1842 à 1857.

Pâte phosphorée. — En Prusse, au mois d'août 1842, M. Nicolaï Focanette, propriétaire, constata qu'une mortalité qui s'était déclarée dans sa basse-cour, provenait de boulettes de pâte phosphorée que l'on avait jetées sur le fumier pour détruire les rats.

1844.

Pâte phosphorée. — A Malines (Belgique), des poules, des pigeons périrent après avoir mangé des pilules préparées avec de la pâte phosphorée détachée des allumettes, qu'un individu mal intentionné leur avait jetées.

Eau phosphorée. — A Belleville, près Paris, des chiens furent gravement indisposés pour avoir bu de l'eau sortant d'une fabrique d'allumettes chimiques (Magendie, formulaire).

Eau phosphorée. — Chez Pelletier père, des canards et des poules périrent après avoir bu de l'eau provenant du lavage du phosphore.

1854.

Allumettes chimiques. — A l'amphithéâtre de l'École de médecine de Brest, un singe suça des allumettes chimiques; il en mourut.

1856.

Phosphore. — M. Henri L...., distillateur, voulant détruire des rats qui mangeaient ses fruits, plaça dans son jardin un mélange de farine et de phosphore. Le lendemain, il fut tout étonné de trouver les cadavres de quinze poules.

Allumettes chimiques. — A Anliel (Belgique), un grand nombre de porcs périrent après une maladie de deux ou trois heures. Chez plusieurs fermiers, l'autopsie démontra la présence de têtes d'allumettes chimiques dans les intestins de ces animaux.

1857 (février).

Allumettes chimiques. — Le docteur Vannaque, possesseur d'une riche collection de faisans dorés, en a perdu quinze par suite de l'imprudence de son domestique qui voulant détruire les rats qui dévoraient le manger des volatiles; avait jeté dans la cage un mélange de viandes et de bouts d'allumettes chimiques.

TABLEAU des empoisonnements qui ont eu lieu depuis 1824 jusqu'en 1858, par

ANNÉES.	EMPOISONNEMENTS accidentels.	ACCIDENTS.			SUICIDES.			CRIMES.			OBSERVATIONS.
		Préparation phosphorée.	Allumettes chimiques.	Pâte phosphorée.	Préparations phosphorées.	Allumettes chimiques.	Pâte phosphorée.	Préparation phosphorée.	Allumettes chimiques.	Pâte phosphorée.	
1824	»	»	»	»	1	»	»	»	»	»	
1826	2	»	»	»	2	»	»	»	»	»	
1829	»	»	»	»	»	»	»	»	»	»	
1841	»	»	2	2	»	»	»	»	»	2	
1842	»	»	1	»	»	»	1	»	1	»	
1844	»	1	»	»	»	1	»	»	1	»	
1845	»	»	»	2	»	»	»	»	»	2	
1846	»	»	»	»	»	»	1	»	»	»	
1847	»	»	»	1	»	1	»	»	»	2	
1848	»	»	1	»	1	»	1	»	»	»	
1849	»	»	»	»	»	1	»	»	»	»	
1850	»	»	1	»	»	»	1	»	»	1	
1851	1	»	1	»	»	»	»	»	»	2	
1852	»	»	2	3	»	5	»	»	8	2	
1853	»	»	1	»	»	6	»	»	3	2	
1854	»	»	3	»	»	4	»	»	3	1	
1855	»	»	»	»	»	1	»	»	7	1	
1856	»	»	3	»	»	»	»	»	5	8	
1857	»	»	1	»	»	»	»	»	1	»	
1858	»	»	8	»	»	»	»	»	»	»	
	3	1	12	6	3	18	4	»	21	19	

RELEVÉ des empoisonnements chez l'homme.

PAR ACCIDENT.

Préparations phosphorées.	3	
Allumettes chimiques.	12	} 21
Pâte phosphorée.	6	

PAR SUICIDE.

Préparations phosphorées.	3	
Allumettes chimiques.	18	} 25
Pâte phosphorée.	4	

PAR CRIME.

Préparations phosphorées.	»	
Allumettes chimiques.	21	} 40
Pâte phosphorée.	19	

Total des empoisonnements. . .	86
accidents. . .	2
Totaux.	88

Animaux empoisonnés.

En 1842. Par la pâte phosphorée, basse-cour (Prusse).
— 1844. id. id. (Belgique).
— 1844. Eau phosphorée, chiens (Belleville).
— 1844. id. canards, poules (Paris).
— 1854. Allumettes chimiques, singe (Brest).
— 1856. id. basse-cour (Paris).
— 1856. id. porcs (Belgique).
— 1857. id. faisans.

D'après ce résumé, nous voyons que de 1824 à janvier 1858 nous avons les chiffres suivants pour représenter les suicides, accidents, crimes causés par des produits phosphorés.

Savoir :

Suicides. . . . . 25 dont 18 avec des allumettes chimiques.

Empoisonnements criminels. . 40 (1) dont 21 avec des allumettes chimiques.

Empoisonnements accidentels. 21 dont 12 avec des allumettes chimiques.

Accidents. 2

Totaux... 88   51

Outre ces chiffres, nous avons encore à ajouter 8 cas, dans lesquels des animaux sont morts empoisonnés par des composés phosphorés.

Nous ferons remarquer que les empoisonnements et suicides causés par les allumettes chimiques et la pâte phosphorée croissent avec les années ; ainsi, rares de 1824 à 1850, ils deviennent plus nombreux, surtout pendant les années 1855, 1856, 1857, et si, d'un autre côté, on fait le relevé des intoxications causées par l'arsenic, nous voyons qu'ils sont en raison inverse de celles provenant des produits phosphorés ; en effet, nombreux de 1824 à 1850, ils vont toujours en décroissant jusqu'à 1858.

Nous ne terminerons pas cette énumération sans établir, ici, que si la préparation des allumettes chimiques offre un très grand danger, sous le rapport de la vie de l'homme, elle en présente encore un très grave, au point de vue de la destruction de la propriété. En effet, nous sommes convaincus que si

(1) Dans les 40 cas d'empoisonnements criminels, 21 personnes ont succombé et 19 ont échappé à la mort.

l'on établissait une statistique générale des causes d'incendies, on verrait que, depuis quelques années, un quart au moins, si ce n'est le tiers, de ces malheurs sont déterminés par les allumettes chimiques ; soit que ces allumettes soient conservées avec négligence, soit que des circonstances particulières et accidentelles aient déterminé leur inflammation.

Il importe donc d'arrêter les empoisonnements accidentels, criminels et les suicides, en interdisant la fabrication des allumettes chimiques avec le phosphore ordinaire, en leur substituant le phosphore rouge ; soit en employant des formules dans lesquelles ce dernier corps entrerait dans la pâte, soit en faisant usage du procédé suédois de Lundstrom, dont les frères Coignet sont propriétaires ; procédé qui consiste à préparer une pâte qui ne peut s'enflammer que lorsqu'on la frotte sur une petite planchette recouverte de phosphore rouge.

On peut facilement remplacer la surface de frottement par des carrés de papier qui, analogues aux *timbres-poste,* sont gommés sur l'un des côtés et enduits, à l'aide d'un mucilage, d'une couche de phosphore amorphe sur l'autre face.

On conçoit, relativement aux incendies, que des allumettes ainsi préparées et qui ne contiendraient pas de phosphore dans la pâte, nécessitant un frottement sur la planchette garnie de phosphore, devraient diminuer le nombre des sinistres.

Indépendamment des dangers d'empoisonnements et d'incendies, l'emploi du phosphore rouge, à cause de son innocuité, présenterait encore un avantage, sous le rapport de l'hygiène publique. En effet, on sait que les malheureux ouvriers employés dans les fabriques où l'on prépare les allumettes phosphorées, peuvent être atteints de nécroses maxillaires et qu'ils succombent après avoir éprouvé des douleurs excessivement intenses.

Nous pourrions citer un grand nombre d'exemples de ces affections, qui ont été le sujet de travaux intéressants de MM. Heyfelder, Roussel, Stroth, Boys de Loury, Bricheteau, Chevallier père, Perry, Sedillot, Maisonneuve, Lailler-Trélat ; ces savants ont successivement constaté que les effets de cette maladie sont d'autant plus terribles, qu'elle est extrêmement difficile à guérir ; ainsi, d'après ces travaux, nous voyons que sur soixante sujets atteints, plus de la moitié ont succombé ; et certes ce nombre n'est pas exagéré, car à Paris et même en province, il y a une foule d'ouvriers qui fabriquent des allumettes chimiques dans la même pièce où couche, mange, vit en un mot, leur famille. Que d'accidents, que de maladies, que d'intoxications inconnus doivent résulter de cet état de choses, qui disparaîtraient par l'emploi du phosphore rouge !

Comme on le voit, d'après le relevé que nous avons fait plus haut, la pâte phosphorée est un produit dangereux que le criminel appelle souvent à son aide pour accomplir ses desseins, et cela lui est d'autant plus facile, qu'il peut, sans contrôle, se procurer ce composé. Il serait donc à désirer que l'autorité, classant la pâte phosphorée parmi les substances vénéneuses, en proscrivît la vente libre et forçât les débitants à remplir toutes les formalités que l'on exigeait autrefois pour la vente de l'arsenic, c'est-à-dire que cette vente ne fût opérée qu'à des personnes connues, munies d'un certificat du maire ou d'un commissaire de police de la localité, et que le nom de l'acheteur fût porté sur un registre, sur lequel se fait l'inscription des substances vénéneuses.

On pourrait, pour plus de précaution, mêler à la pâte phosphorée de l'indigo soluble, par exemple, qui par la couleur bleue qu'il communiquerait au breuvage, serait un indice important pouvant dans bien des cas prévenir la victime de la présence du poison.

Si les opinions que nous émettons ici étaient soumises à l'appréciation de l'Académie des sciences, et que cette savante compagnie se prononçât sur ce sujet, il n'est pas douteux que bientôt une interdiction salutaire serait prononcée, et des dangers qui se représentent sans cesse disparaîtraient. Déjà nous avons cherché à faire connaître les graves inconvénients qui résultent de la préparation des produits phosphorés; nous n'avons pas été entendus; cependant chaque jour le mal va grandissant, il n'est pas de session de Cour d'assises où l'on ne voie le phosphore figurer comme étant la cause de tentatives criminelles. Il est probable que tous les cas ne sont pas connus, et qu'un grand nombre de crimes commis à l'aide de ce poison restent impunis. Nous pensons que ce qui a empêché jusqu'à ce jour la substitution du phosphore rouge au phosphore ordinaire, c'est une légère différence dans le prix; cette différence est tellement minime qu'elle ne peut être mise en parallèle avec les dangers qui résultent de l'emploi du phosphore ordinaire; aussi nous espérons fermement que cette faible augmentation de prix n'empêchera pas le consommateur de profiter des avantages que présente le phosphore rouge au point de vue de l'hygiène et de la sécurité publique.

Nous terminions ce travail, lorsque nous avons reçu non pas un mémoire, mais un véritable *factum* adressé à S. Exc. M. le ministre de l'agriculture, du commerce et des travaux publics sur la fabrication des allumettes chimiques; dans cet écrit, l'auteur s'efforce de lutter contre l'emploi du phosphore amorphe, en vantant outre mesure les avantages présentés par le phosphore ordinaire.

Pour atteindre son but, il refait à sa façon ce qu'il appelle l'histoire chimique et physiologique de ce métalloïde; suivant lui, le phosphore ordinaire ne serait un poison qu'à une dose élevée et il serait très facile au toxicologiste de retrouver les traces de ce corps dans les organes de la victime; le chlorate de potasse dont l'emploi est nécessité par l'usage du phosphore rouge serait un composé bien plus dangereux à manier que le phosphore lui-même, etc.

Enfin l'auteur va jusqu'à nier les accidents et les empoisonnements causés par les allumettes chimiques, il les regarde comme imaginaires; selon lui, ce poison est d'autant moins redoutable, dit-il, qu'il est toujours facile à découvrir, de sorte, ajoute-t-il, que les criminels seront peu disposés à choisir une substance si propre à les décéler.

Heureusement pour la cause que nous soutenons, l'auteur est un fabricant d'allumettes chimiques exerçant depuis plus de vingt ans, de sorte que ce prétendu mémoire ne devient plus qu'une véritable réclame égoïste en faveur de son industrie particulière.

Nous ne chercherons pas à critiquer les erreurs scientifiques sur lesquelles cet industriel s'appuie; tous les faits qu'il avance tombent d'eux-mêmes par suite soit de leur *innocence,* soit de leur exagération.

Nous dirons seulement qu'il est facile de consulter les annales judiciaires pour se convaincre que notre statistique loin d'être exagérée est au-dessous de la vérité.

Enfin nous le répétons, l'emploi du phosphore rouge est une importante question qui intéresse à la fois l'hygiène de certaines industries, la sécurité et la santé de nos populations, et ce sera aussi un véritable bienfait pour tous, lorsque M le ministre interdira l'emploi du phosphore ordinaire dans la fabrication des allumettes chimiques. Par cette interdiction, il préviendra des crimes, il fera disparaître de cruelles maladies (nécroses maxillaires), il empêchera une foule de désastres résultats d'incendies, qui ont leur source dans l'imprudence ou l'insouciance de leurs auteurs.

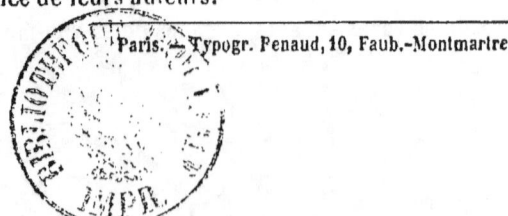

Paris. — Typogr. Penaud, 10, Faub.-Montmartre.

www.ingramcontent.com/pod-product-compliance
Lightning Source LLC
Chambersburg PA
CBHW072218210626
46818CB00014BA/2435